시애몽
詩愛夢
시를 꿈꾸며 산다

김락호 시집

시음사
시사랑음악사랑

출판사 서평

오랫동안 문화예술인으로서 문단을 이끌어온 김락호 시인이 오랜만에 자신의 이야기를 세상에 선보인다.

김락호 시인은 캠퍼스에 그림을 그리다 시상이 떠오르면 시를 그린다. 시를 쓰다 긴 이야기가 되면 수필을 쓰고 그림과 글로도 표현이 안 되면 소설을 쓰고, 자신이 볼 수 없는 것은 심안을 통해 보고, 볼 수 있는 세상의 이야기는 독자들에게 묻는다.

시인만의 이야기를 그리고 삶이 주는 무게를 詩로써 표현하고 있다.

이번 시집 "시애몽"은 멀티 시집이다. 종이로 보는 것의 한계를 모바일 시대에 맞추어 전자책으로도 발행한다.

스마트 폰을 이용하여 볼 수도 있고, 그의 작품들이 노래로 만들어진 곡도 들을 수 있다. 또한, 김락호 시인을 잘 표현해 주는 대표작을 시인 육성과 낭송가의 시낭송으로도 감상할 수도 있다.

김락호 시인의 "시애몽"은 보고, 듣는 모바일 멀티 시집으로 모든 연령층이 쉽고 간단하게 즐기며 감상할 수 있다.

도서출판 시사랑 음악사랑 편집부

QR코드 스마트폰으로 QR 코드를 스캔하면
시낭송을 감상할 수 있습니다

본문 시낭송 모음

 제목 : 겨울에 병든 허수아비
시낭송 : 박영애

 제목 : 우지마라 독도여
시낭송 : 김락호

 제목 : 백조의 꿈
시낭송 : 김락호

 제목 : 천년의 기다림
시낭송 : 김락호

 제목 : 이별의 진혼곡
시낭송 : 김락호

 제목 : 바다는 아픔을 안다
시낭송 : 박영애

 제목 : 멍든 하늘에 던진 혼돈
시낭송 : 박영애

 제목 : 이별한 마음
시낭송 : 최명자

 제목 : 인연의 고리가
　　　　 질기다고 하셨나요
시낭송 : 최명자

 제목 : 천년을 갈 거다
시낭송 : 최명자

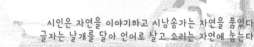

시인은 자연을 이야기하고 시낭송가는 자연을 품었다
글자는 날개를 달아 언어로 날고 소리는 자연에 눕는다

스마트폰으로 QR 코드를 스캔하면
노래를 감상할 수 있습니다

 시노래 모음

제목 : 천년을 살아도
작사 : 김락호
노래 : 문명곤

제목 : 사랑이 오다
작사 : 김락호
작곡, 노래 : 정진채

제목 : 이별의 진혼곡
작사 : 김락호
노래 : 지유진

제목 : 가을 랩소디
작사 : 김락호
작곡 : 강신완
노래 : 루노

제목 : 안녕이라는 노래는 끝났습니다
작사 : 김락호
작곡 : 강신완
노래 : 김화영

제목 : 우지마라 독도여
작사 : 김락호
작곡 : 최현석
소프라노 임청화 (서정가곡 21선)

영상은 YouTube 정책 또는 운영 관리에 따라 삭제될 수도 있습니다.

김락호 시인의 시인 육성 시낭송과 낭송가들의 시 낭송으로 엮었으며,
김락호 시인의 시를 노래로 만들어 여러 가수가 불렀다.

스마트폰 카메라로 스캔하면 해당 앱으로 노래와 시낭송을 감상하실 수 있습니다.

* 목차

* 목차

시인의 자아

행동이 나를 따르지 못하는 날엔
말을 합니다

말조차도 나를 따라올 수 없는 날엔
글을 씁니다

그러나
글조차도 나를 이해시킬 수 없는 날엔
시를 씁니다.

11

눈먼 벽화

시인은 눈을 감았다
그리고 세상을 본다
감추어진 진실을 본다
광기, 추악, 열망, 탐욕, 공포, 고통, 맹목, 증오
그리고 희망
내가 보고 싶은 것들은
편견이라는 벽에 가리워져 있다
눈먼 벽화를 보며
핥고 있는 것은 삶이다.

13

사랑이 오다

햇빛이 신을 벗어놓고 달려왔다
낮게 앉아 있는 꽃잎을 품고

빗물처럼 쏟아지는 그리움이 왔다
울컥울컥 두근거리는 심장을 품고

꽃잎에 환히 비친 사랑이 왔다
구름이 만든 형언할 수 없는 설렘을 품고

그리고
하얗게 촉촉해진 입술로 은혜로움을 말하며
청초하고 순수한 사춘기 소녀처럼 사랑을 고백한다.

겨울에 병든 허수아비

하늘이 울어도
그는 거기 서 있다

아니 두 다리가 땅에 박혀 도망갈 수 없었다

지나던 참새가 똥을 싸대도
붉은 입술의 낙엽이 이별을 선언해도
그는 거기서 말이 없어야 했다

삶의 무게를 짊어진 허수아비는
이제 겨울비를 보지 못할지도 모른다

아니 병든 겨울을 보기 싫어서 일지도 모른다

그가 만든 허상의 세상은
마지막 겨울비가 오기 전 누워야 한다

들판에 버려진 삶은
흰 눈이 만든 빛의 그림자를
부신 눈을 감추며 또 다른 내일에 잠든다.

다 그런 게지 뭐 - 매미의 情事

스산한 밤 무리가 농익은 달을 잡고
헛바람 놀이를 하는데

한여름 요사스럽게 궁둥이를 흔들던
환생한 굼벵이 년이 '아이고 배야'며
속곳을 젖히고 요념을 뜨네

에이 고년 몹쓸 년
여름 내내 이집 저집 기웃거리며
뭇놈들 정액을 쪼옥 뽑아먹더니
가을 사내 장삼은 왜 또 못 잡아먹어 안달하는 겐지

여름내 뒹군 몸뚱어리
그래도 주체 못 하는 치맛바람을 안고는
가을 달마저 품으려 저고리 풀어 헤치고 달려드는데

어메나
이놈은 누군 게야
이 뜨거움은 여름 내내 알던 뭇놈의 정사가 아닌 게야
모시 적삼 치마저고리 움켜잡고는
솜털 휘날리게 도망치는데 이를 어쩌누
이놈도 사내놈이라 뜨겁게 태워준다며
치마를 들쳐버리네

밤새 요사를 떤 게야
물불 가릴 틈 없이
젊은 놈 늙은 놈도 가리지 않고 요사를 떤 게야

훤한 낮달이 비추는 전신주 아래
고년의 몸뚱어리 숨길 데 없었던 게지
뜨거운 맛을 몰랐던 게야

팔다리 움직일 힘조차 어느 놈에게 다 쥐여 주고서
뜯어진 저고리 사이 젖꼭지를 들어내고는
널브러져 잠이 들었던 게지

에이 고년 요사스런 년
몹쓸 년의 여름이 참 길기도 했던 게야.

버리지 못하는 너 (금연 시)

그녀는 늘 나와 함께 하기를 원한다
나도 그녀가 싫지만은 않다

사람들은 그녀와 나를 시기하고
그녀 향기를 품은 나를 꺼리기도 한다

그녀와 결코 헤어질 수 없는 것인지
내가 그녀를 버리지 못하는 것인지
버리고 싶은 간절한 마음은
그녀를 향한 내 사랑보다 더 깊기만 하다

버리려 하면 그녀는 슬픈 얼굴로 나를 유혹하고
버릴 수도 가질 수도 없는 그녀를
오늘도 난
늘씬한 몸매를 어루만지며
마른 입술로 애무를 시작한다

가슴 깊은 곳에서 그녀가 느껴지면
숨을 헐떡이며 깊은 정사의 늪에 빠져든다

한 번 빠져든 그녀의 매혹적인 유혹에는 애도 어른도 없이
뼛속 깊은 곳까지 흔적을 남긴다

그녀의 요사스러운 매력에
오늘도 나의 호흡은 희롱당한다

이별의 마음으로 굳게 마음 다잡고 뒤돌아서면
그녀의 매혹적인 향이 내 손을 이끈다

늘 그녀와 사랑을 나눈 자리엔 희뿌연 허무와
바닥에 뚝뚝 떨어진 삶에 대한 회한(悔恨)뿐이다.

열한 시 십일분의 회상

너와 나의 사랑은
영혼이 경험하고
생각으로 이루어진 복잡한 결합체이다

너와 나의 육체적인 만남은
명징(明澄)의 표현이고
순수한 삶을 공유하는 고결한 법칙의 공평함이다

너와 나의 욕망과 열망은
우리의 세계를 만들고
사랑, 은총, 슬픔, 고통 같은
보편적인 결과론으로 답을 한다

이제 우리의 사랑은
서로가 서로를 기억하고
몸과 마음에 남아 있는 여운(餘韻)이
하나의 향취로 남는 일이다.

널 사랑하는 건 아픔이야

멀리서 널 바라보는 건 쉬운 일이야
그냥 하늘 흐름에 내 몸을 두둥실 띄워
아주 조그만 점으로 서 있는 너일지라도
나는 어디서든 너를 알아볼 수 있기 때문이야

가까이서 널 바라보는 건 쉬운 일이야
네가 날 바라보며 무슨 생각을 하는지
홀로 고픔에 쓰라려 약해져 있지는 않은지
손 뻗으면 내 품으로 끌어안아
무엇이든 내 가진 것 건네줄 수 있는
눈앞에 서 있는 널 사랑하는 건 쉬운 일이야

그러나

닫힌 네 맘을 두드리는 건 힘든 일이야
멀리 있어 그리워할 사랑도
가까이 있어 품을 수 있는 여유도 주지 않는
허허한 마음만 가슴으로 삭여야 하는
감은 눈 닫은 가슴이 벽이 되어 돌아서면
멈춰진 네 맘이 그래서 나에겐 아픔인 게야.

애증(愛憎)을 그리다

햇볕이 잘 드는 창가에
씨앗 하나 담아서
화분 하나 그렸습니다

그리고
마냥 깊어만 가는 애증에
묻어 두었던 사랑을 꺼내어
그리움에 입맞춤도 하였습니다

어느 날
애증은 화려함으로 피어나
열정과 육욕을 자랑하며
관능적인 열매를 잉태했습니다

이제는
봄이 오면 꽃내음 머금은 바람을
여름이면 태양을 품은 열정을
가을이면 퍼플색 추억을
겨울이면 모닥불 같은 정열에
愛憎은 현실이 되어 춤을 추고 있습니다

오늘은

어둠 한 상자 찾아오면

자홍색 꽃잎 위에 열정이 뚝뚝 떨어지도록

밤안개를 온몸으로 포옹하며 사랑에 빠져 보렵니다.

이공일팔 사이칠 우리는 죽는다

무주고혼을 떠돌던 슬픈 영혼이 오늘 죽었다

한 무리는 요단강을 건너야만 했고
또 한 무리는 생사 바다를 건너며
누구는 '아멘'을 또 누구는 '아미타불'을
외치며 죽어 간다

오늘 수많은 영혼이 모두 죽었다

살아서도 죽었으며
죽었어도 살아있어야만 했기에
피와 눈물과 빗물이 하나 되는 날도
참아야만 했다

삶의 멍에를 벗어버리고 쓰러질 때도
희망은 있었다

너희가 불러주었던 통일의 노래를
혈(血)의 눈물로 감추며
오체투지의 몸짓으로
가슴 깊은 곳에 서각으로 남긴다

그리하여 평화협정, 정전협정이
또 다른 무주고혼을 만들지 않기를 바라며
이제는 가슴 깊은 곳 갈피갈피 마다 묻고
죽은 자는 오늘 또 염원을 안고 죽을 것이다

두 지도자가 잡은 희망의 손에
이공일팔 사이칠 오늘 통일은 죽었다.

남자가 사는 법

비에 젖은 음악은 영혼을 잃고
별도 없는 허공으로 퍼져나간다

생과 사의 싸움에서는
죽음이 늘 우세하지만
오늘은 내가 살아남아야 한다

이빨 사이에 독설을 끼워 넣고
삶이 주는 고통을 마셔 버리자
그리하여
이 더러운 세상에 떨어진
동백꽃 한 송이를 씹어 먹어야 한다

잿빛 하늘이 물속에서 비틀거리면
시절이 놀다간 자리 누웠던 젊음을 깨워
울울 맺힌 슬픈 영혼의 넋을 달래야 한다

오늘은 젊디젊은 붉은 해가 솟을 것이다
계곡에는 물이 흐르고 들에는 꽃이 필 것이다
그리고 빈틈없이 잘 짜인 행진곡이 연주될 것이다.

기억으로 사랑하는 법

우연과 인연은
이미 정해져 있는지 모르기에
만남이 오늘 하루뿐일지라도
그대를 기억하겠습니다

그러다 어느 날 순수한
만남이 다시 이루어진다면
그것은 필연일 수도 있겠지요

그대를 만나서 즐거웠던 시간만큼이나
행복하고 아름다운 삶이
그대와 함께였으면 좋겠습니다

이제서야
인연으로부터
기억으로 사랑하는 법을 배웠나 봅니다.

그냥 독백이다

어휴 비가 오고 지랄이야

기분은 더럽고 뭐 딱히 할 일도 없다

그냥 리모컨으로 자극적인 무언가를
사냥이나 해볼까

뭘까
이 공허한 읊조림은
잡을 것도 없다

재떨이에 내 모습이 보인다
헉
확 비벼 끄면 되나
그럼 안 보이나
젠장 내가 나를 묶어 버렸다

발정난 수놈이 난리를 치다
늪에 빠져 버린 거지
나도 정말 징하다.

늙어가는 남자

가을비가 내리던 어느 날 길을 가다
갑자기 아랫도리가 묵직하다

이런 젠장 배까지 아파져 온다
큰일이다

할 수 없이
누런 은행잎 주렁주렁 달린 나무 옆에
힘을 주고 받들었다

그런데
이 뭐꼬

머릿속은 폭포를 그리는데
현실은 졸졸거린다

은행잎에 떨어지는 빗소리가
내 오줌발 소리보다 크다

마음은 아직 첫사랑이 생각나는데
몸은 늙어가고 마음은 멜랑꼴리하다.

우지마라 독도여

곧은 듯 부드러운 선
하늘 높은 곳까지 올려다보며
너는 세상에 외마디를 지른다

오천 년 역사의 한 서린 아픔을 지켜보았노라고

벚꽃으로 위장한 칼날이 너의 살갗을 찢고
어미의 젖가슴에 어혈을 물들이고
아비의 입과 귀를 도려낼 땐
억지로 감춘 고통의 망령을 보아야만 했다

해국이 만개한 돌 틈 사이와
거친 섬제비쑥에 숨겨두고
괭이갈매기 울음소리가
하얀 각혈로 바위를 물들일 때까지
눈물을 감추어야만 했다

너는 거기서 누런 황소가 끌고 가는
꽃상여를 침묵으로 지켜보며
훌쩍이는 요령 소리에 아리랑을 숨겨야만 했다

30

침묵으로 통곡을 노래하던 독도여
삼키지 못한 억겁의 한이
무거운 약속으로만 남지는 않을 테니
이제는 울음을 거두어라

시린 가슴을 안고 너도 하얗게 새벽을 지키며
희망을 품고 있지 않은가
하늘로 솟구쳐 오르는 미래에 맑은 영혼의 소리를
해가 떠오르는 지평선에다 외치고 있지 않은가

구멍 숭숭 뚫린 몸뚱이는 이제
저 멀리 태평양을 지나 이랑을 만들고
꽃을 피우다가 열매 맺을 것이라고
희망을 노래하지 않는가

이제 오천만이 하나 되어 너에게
무릎을 내어 쉬게 할 터이니
너는 이제 우지마라
우지마라 독도여.

31

백조의 꿈

갈 곳 잃은 백조는
외로운 등대를 바라보다
꿈을 꾸었습니다

무거운 침묵 속에서
늘 하늘을 비상하는 꿈을

날지 못하는
작은 새는 독한 현기증을 앓았습니다

파도가 밀려와 섧디 설운 사랑의
이야기를 들려줄 때면
가슴부터 빨갛게 물드는 아픔을 숨기려
여윈 햇살만 바라보아야 했습니다

자유로이 바다를 넘나드는 파도에는
거꾸로 매달려버린
사랑 이야기를 들려줄 수 없었기 때문입니다

더 이상의 꿈이 무의미할 때쯤
허공에 매달려
무게를 깨달을 수 없었던 사랑은
바람을 따라가고
부재의 흐느낌처럼 날개를 주었습니다

백조는
설핏 저무는 해그림자를 바라보며
꿈꾸던 세상을 향해
힘껏 날아오를 수 있었습니다.

33

묘비명 (墓碑銘)

삶의 멍에를 벗어버리고 쓰러질 때쯤
흔들거리는 술잔이 시궁창보다 더 더러운
너의 양심에 불을 지르면 너는 보아라!

씁쓸하고 눈물짓게 하는 이 삶 속에서
가슴속에 흘려야만 했던
혈(血)의 눈물을 감추고

무엇을 담으려 오체투지의 몸짓으로
육신을 불태워 그 고통 앞에
너의 혼을 앉혀야만 했는가

보이길 거부해 버린 자아를 찾아
무거운 발을 옮겨야만 했던 너는
환희의 빛과 어두움의 사이에서
살아 있으면서 죽은 줄도 모르는 동행자와
둘이면서 하나인 또 다른 너와
함께하고 있음을 깨달았으리라

너는 이제

피와 눈물과 빗물이 하나였음을 알았음에

너의 묘비명(墓碑銘)에 서사시(敍事詩)를 쓰리라

너무 많아서 볼 수 없었던 삶의 이야기를

무필(舞筆)로 비틀어 서각으로 남기리라

살아있는 모든 것은 내일이 없기에

주어진 지금이 행복이고 사랑이기에 행복했다고.

천년의 기다림

나는
한지의 이름으로 숨을 쉬어야 하는 종이이면서
땅에서 솟아오른 천년의 그리움이다

바람 부는 길가에 서서 세상을 노래하다가
이제 더 이상 나무이고 싶지 않아
사람의 숨결 속으로 파고들었다

나는
어떤 이에게는 가슴에 매달린 꽃이 되었다가
어떤 이에게는 고향을 기억하는 인형이 되었다가
마주 앉은 부부의 사랑 터가 되었다가
우아한 기품을 품고는 문설주의 친구도 되었다

백번을 두드려 천 번을 씻어 내린 모습으로
한 땀 한 땀 바늘이 지나간 자리엔 천사의 날개를 달고
절망의 고독 속에서도 변치 않은 아름다움을 품어
세상을 향해 던지는 미소에 수수함도 담았다

또 한 번 세상은 영혼을 위한 잔치를 준비하고
밝은 것 어두운 것도 없고 거친 것 무른 것도 없는
세상에 단 하나
오로지 천년을 살아갈 수 있는 모습으로 나는 비상을 꿈꾼다

천상의 생명이 가슴에 내려앉는 날
거친 닥나무 결에 숨어서 기다린 갈빛 세월을
신비로운 탄성의 미학으로 승화시키며 나는 춤춘다

당당한 옛스러움을 안고 찬란한 하늘을 날아오른다.

이별의 진혼곡

간밤 울음소리 슬피 하더니
무엔가
명치끝에 쑤욱 박히더이다

들숨을 가슴에 가두고
날숨을 허공에 토해내는데
그래도 빠지지 않고 채워지기도 없는
허전함과 뻑뻑함의 불완전한 공존이 하늘을 날더이다

먼동이 공기의 냄새에 배어 나오고
열두 자 깊이의 우물곁에
철푸덕 앉아버린 몸뚱어리
괜스레 하늘과 끊어진 두레박만 원망하였더이다

잘 가소
편히 잘 가소
아직은 당신을 갈망하는 내 목소리
답해줄 수 없는 외길이더이다

가슴에 쌓인 한숨은

감은 눈꺼풀 위에 촘촘히 올려 두었다가

이름 없는 먼 곳에 닿걸랑

묵언의 이야기로 풀어버리고

저만치 마중 나온 이

웃음 흘리며 손 내밀거든

기쁘게 두 손 잡고 반겨 가구려

잘 가소

편히 잘 가소.

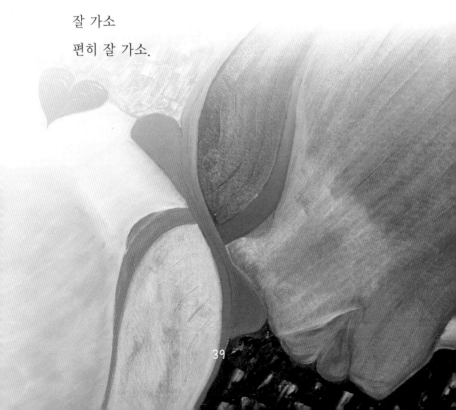

시간의 질곡(桎梏)

겨울 초입 서산을 넘어가는 해에
나를 담는다

노을이 내리는 능선에
눈동자를 휘둥그레 굴려보지만
희미한 자국만 남긴 채
떠나갈 해에 기대할 것은
이제 그리 많이 남아 있지 않는다는 것을 안다

지체 않고 솟아오르던 힘찬 기운이
늙은이의 발밑에 이르러
한 줌 불씨로 가물거리는 빛과 어둠은
결코 타협할 수 없는 존재였다

모든 것을 담으려 하던 젊은 태양은
푸른 벅차오름으로 살다가
갈잎의 약속에 뜨거운 빛을 소진하고
발끝부터 스멀거리며 올라오는
어둠을 물리칠 명분을 잃어버린
빈 헛쭉정이가 되어 간다

이제 거침없던 붉은 태양보다는
어둠에 길들여질 늙은 해를 본다

검붉은 구름에 가려진 해는 더 이상
그 여름의 젊은이가 될 수 없음에
노을 진 손등을 들어 잡아보지만
이젠
주름진 삶이 꺼이꺼이 서쪽으로 사위어 간다.

바다는 아픔을 안다

바다는 천상의 선율을 따라 출렁이고
음계를 타는 소라는
모래 위에서 푸른 파도의 쓸쓸함을 담는다

느릿하면서도 심장을 두드리는 파도 소리가
조용히 그리고 서서히 나를 향해 다가온다

파도에 실려 와 귓볼을 간질이던 바람이
내 속에 또 다른 나를 깨우고
허무한 눈동자를 가진 허상의 나는
서서히 잠속으로 빠져든다

잠든 내 곁으로 바다는
갈매기의 날갯짓조차 찾은 적 없는
길 하나 만들어 놓고
잠에서 깬 나를 밀어 넣는다

그러다 차가운 빗줄기 쏟아 내리며
그 길마저 지워버리고
내게는 또 아무 일 없었던 것처럼 가던 길을 가라 말한다

살갑게 사랑스러웠던 적도
각혈을 하며 소리 내어 울지 못했던 것도
그저 스치며 지나가는 삶의 무덤인 것

짜발량이 되어버린 잠든 청춘아
자리끼 한 사발에 목구멍 추지면 무엇하리
콩켸팥켸 되어버린 인생
그 중간에서 뒤엉킨 이별은 바다의 품으로 돌려보내라 한다

바다는 살아서 슬픈 모든 것을 올려다보며
죽어서 눈감아버린 모든 것을 내려다본다

바다는 지금까지 살아온 나를 보내라 하고
내 속에서 새로 태어난 나를 마주하라 말한다

바다는 아무 말 없이 나를 바라보고
나는 가만히 잠든 나를 업고 그 속으로 걸어간다.

사랑 하나 더하기

너와 난 평탄한 구릉지 위에
수선스럽지 않은
호젓한 사랑이어야 해

너와 나 하나이면서 둘이지만
그것은 하나의 사랑이어야 해

그렇지 않으면 난 너에게
그저 사냥꾼일 뿐이야

지금처럼 외로운 날엔
사랑이 꽃피기도 전에
열매부터 떨어지지

음악과 술에 흔들거린 사랑은
여명의 눈부심에 식어 버리지

너와 내가 같은 이유로 사랑을 할 때
가슴 속에 숨겨둔 사랑은
눈물을 다스리는 습관부터 길러야겠지.

조도의 기다림

조도가 보이는 바닷가
구름이 지나다 시샘하며 잠시 쉬어가는 곳에
코발트 빛 지붕에 새하얀 벽으로 치장한 집을 짓겠습니다

빨간 대문 앞에 내 마음 닮은
까만 우체통 하나 세워 두겠습니다

하루를 지켜보다 뉘엿뉘엿 넘어가는 햇살 따라
그저 지나가는 바람에 저녁을 묻어버리며
그렇게 당신을 기다리는 나날을 보내겠습니다

손대면 닿을 것 같은 쉼표 같은 작은 섬으로 서서
제 알몸 내보이지 않고
오늘도 잿빛 안갯속으로 숨어버리는 당신입니다

비릿한 갯내음에 한 점 바람으로 비틀거리며
쓰러질 듯 위태롭게 서 있는 섬 바위 가슴처럼
빼곡히 자리 잡은 남루한 행색의 상흔(傷痕)만이
오지 않는 당신 소식을 흔들어 보입니다

그리움이 묻어버린 추억 사이로
기다림의 시간이 아쉬운 눈물바다가 되어도
쓸려나간 흔적만이 모래 위에 머물 뿐입니다.

멍든 하늘에 던진 혼돈

바람이 매섭다
하지만 잔설은 그저
귀신이 춤을 추듯 그렇게
리듬에 흥겹다

걸망을 짊어지고
무심한 듯 무덤덤하게 선
한 그루 붉은 소나무는
시간 저쯤에서 흰색이다

푸른 솔가지는 흰 눈을 짊어지고서야
더욱더 푸르고
회벽 하늘은 푸르름을 먹어버렸다

흑과 백 사이에 선 혼돈에서
하늘을 이고 나는 것이
까마귀이든 고니든
이제 와 내가 탓할 게 무엔가

시절도 모르고 피어나
얼어 죽는 개나리처럼
비천함이 되지 말고
얼어 갈라 터진 나무 틈을 뚫고
꽃을 피우는 겨우살이처럼
벗에게 봄이 옴을 말해주자

그리하여
지난겨울에는 고픈 배를 속이려
긴 잠을 잤다고 귀엣말로 남겨두자.

죽음을 위한 연가

사람의 넋 사령(死靈)
생명이 있는 빛 물리적 실체
육신은 무겁고 영혼은
하늘을 난다

살아온 삶
잘리고 밟히다
평온함을 잠시 안으려 뿌리내리면
먼저 온 넋들의 몸살에
부러진 질경이풀이 되고 만다

생채기와 피투성이 알몸
갈증과 한만스러운 인생
아낌없이 서슴없이
다 벗어 버리고

흙과 물과 나무와
햇볕의 처음으로 돌아가
자연이 되고픈 영혼

겨울 가지에서 떨어지는 낙엽 따라

하나씩 떠나가는 나이가 되면

그때 나 돌아가리라

다른 이를 밟지 않고

발자국도 남기지 않는 새가 되어 돌아가야겠다.

일주문(一柱門)은 열렸는데

깊은 산속 암자에는
노승이 아침저녁으로 부처님을 괴롭힌다

음률도 없는 쪼개진 목탁 소리
이빨은 다 빠져 알아듣지도 못하는
염불 소리에 부처님은 귀를 닫고
손바닥을 보이며 흔들어댄다

처마 끝에 매달린 풍경소리는
흔들리는 바람 따라
여명 속으로 사라진다

산사 울타리에는 흙 묻은 씨앗
들숨을 내어 쉬다
봄이 오르면 꽃을 피울 것인데
저 불당 앞 연못에는
연꽃 한 송이조차 지고 없다

이 가슴에 들어찬 소망은
뉘 있어 알아줄까
내 소망 들어줄 이 뉘 있어 빌어볼까.

한밤의 독백

네가 없는 오늘 밤은 참 깊다

시리도록 아픈 밤이 팽팽한 고무줄처럼
질기게 나를 잡아당긴다

지금 내게 필요한 건 커다란 지우개 하나
무쇠인 줄 알았던 심장에
촛불이 켜진 듯 그리움이 활활 타오른다

삭힐 수 없는 그 그리움 어찌할 수 없어
오늘은 너에 대한 내 사랑을
물음표 하나로 그려 본다

온 밤을 그렇게 애증을 태우며
그리움의 새벽은 일어나지 못했다

침묵의 독백을 사각거리게 지새워도
제 스스로 슬픔인 줄 모르고
바쁜 걸음에 다가온 텅 빈 아침이
검푸른 어둠의 문고리만 잡은 채
숨죽인 나를 힐끔거린다.

늙어 버린 고향

가을을 거닐어 바람이 묏등을 넘었다

엊그제 저 멀리 울어 재끼던 뻐꾸기 소리
아직 귓전에 머물며 짝을 찾는다

산중 턱 비탈진 콩밭 고랑 속에는
딱딱 소리 내며 벌어진 강낭콩
토실하게도 익었다

젊은 어무이 돌밭에 자식 뉘어놓고
햇빛 가리개로 심어두었던 감나무는
또 언제 저리도 컸는지

이제는 내가 아닌 내 아이가
누런 홍시 따달라며
바짓가랑이 잡고는 떼를 써댄다

저 멀리 서 있는 앞산은
어제나 오늘이나 매 그 자리인데
눈 한번 껌뻑하며 두리번거렸더니
정수리에 허연 꽃을 바람이 흔든다

계절만 좇아가다 보니
세월이 먼저 늙었나 보다

어무이 정수리에 허연 서리가 수북하다.

홀아비의 추석

세월에 늙어버린 뒷동산
곱게 분단장하고
한껏 자태를 자랑하던 너도
옷을 갈아입는구나

몰래 훔쳐보는 내 눈에는
폐경을 맞은 아낙네처럼 투정뿐이다

세월이 헤집고 간 텅 빈 자리
숫처녀의 알몸처럼 갈증뿐이다

핏기 잃은 긴 여로
외로움에 쉼 없는 한숨
허공에 대고 칼질을 한다

오늘도 늙은 어미는
부엌에서 며느리 손을 기다린다.

만만찮은 인생

삶과 사랑 사이엔
붉어진 땀방울이
굴렁쇠처럼 구른다

헐레벌떡거리며
뛰어온 청춘이
혼잣말을 한다

지금 임신중독이야
불혹을 잉태하고
젊음을 되새김질하는 거지

바닷가에 사는 놈도
빌딩 밭에 숨어 사는 놈도
태풍이 불면 비 맞는 건 똑같더라

나는 오늘도 습관처럼
푸른 바다를 향해 차를 달린다.

별빛 그리움

바라보지 않아도
너는 거기서 하얀 꽃밭을 이룬다

아름답다고 예쁘다고 널 꺾을 수도
시들었다고 버릴 수도 없다

거기서 그렇게 너는
환한 별 밭을 이뤄
오늘도 미소 띤 빛으로
우리 사랑을 꿈꾸게 한다

너를 바라보는 내 눈엔
하얀 그리움 하나 떨어진다

밤바람에 제 살끼리 어루만지며
구슬픈 풀잎 노래 흐르면
가슴까지 젖어오는 그리움에
애써 눈을 감는다

물과 빛이 없어도
사랑 그 하나만으로
따스한 달무리와
까만 하늘을 잔잔한 그리움으로 색칠한다.

흑해(黑海)

비 오는 저녁 바닷가에 홀로 섰다

저 검푸른 바다를
그 무엇으로도 서술할 수 없는
온통 기분 나쁜 잿빛투성이다

하늘도
섬도
끝없이 펼쳐진 바다까지도
공간을 뚫고 교교(驕驕)하게 날 협박해 오고
온갖 인생들이 남겨 놓은 수다에
성난 파도는 공허함으로 내 가슴을 찰싹거린다

검은 잿빛은
작은 불빛 하나까지 모두 삼켜 버렸다

목구멍으로 넘어오는
검은 바다는 나를 어둠으로 침식시킨다.

시에 대한 욕기(欲氣)

머리가 뒤틀리고
가슴에는 시퍼런 멍이 들었다

왜 날 때리나
내가 뭔 미친 짓을 했다고
널 사랑한 죄뿐인데

지금 난 너에게 매질을 하려 한다

내 진실한 삶의 흔적과
무덤까지 가져가야 할
허위(虛僞)적 여울진 삶을
투닥투닥 때려 폭행한다

내 욕구를 채우기 위해
혼자서 쌈닭처럼
말꼬리를 놓치지 않고
예리한 언어로 찍고 찍히며
눈에 보이는 모든 것에
의미를 부여해 간다

그렇게 생명을 넣어
널 내 것으로 만들기 위해서
오늘도 헛된 욕망에
이 순간
삶의 저편에 걸어 놓고 널 출생시키려 한다.

감각을 잃어버린 청춘

흐르는 것이 세월이라 한다지만
내 심정에 아무런 대꾸도 없이
무심히 흐르는 세월이 얄밉도록 서럽다

껴안아 보듬어도 그득한 행복 느낄 수 없다

채우고 또 채우는 이 시간 속에
성가신 더위 하나 턱 하니 자리한다

목덜미로 태산 같은 불덩어리만 꿀꺽이고
벼 이삭은 묵직한 고개를 까닥이고
조각난 그리움 하나 달랑거리며
저만치 말 없는 걸음으로 터벅거리며 간다

먹을 수도 버릴 수도 없는 세월
8월의 어느 한적한 새벽 귀퉁이에서
쓴맛 감도는 한 잔의 소주잔 기울이며
한 개비의 담배 연기만 목구멍에 흘려보낸다

청춘이 돌아올 리 만무하기에.

입에 문 혀를 깨물었다

어지럽게 꼬이고 비틀려가는
삶의 골짜기에서 꼭꼭 숨겨둔 입맞춤
아무에게도 보여주기 싫은 너의 진실은
벼락같은 너의 입술에 겁탈당하고 말았다

너의 그 짧은 혓바닥에 진실은 희롱당하고
이빨마저 뽑혀 버렸다

때 묻은 너의 말을 내 목구멍에
주워 삼키고
헝클어진 언어들을 빗질해
넝마 바구니에 주워 담는다

쉬어버린 목청으로 노래하지 마라
언변의 속임으로 얼굴을 가리지 마라
너 또한 진실은 사랑이다

섧디 설운 꽃으로 피우지 말고
너의 골수에 숨겨둔 해안으로 참사랑을 보라
그리하여 삶에서 사랑으로
사랑에서 동반까지를 염원하여야 한다.

현실의 허와 실

작은 애벌레 같은 나는
규칙을 앞세운 개미군단의
집단구타에 스러져간다

결국엔 모든 것의 위에 선
하나를 위해 인생을
저당 잡히며 사는 오늘이다

죽지 않으려 먹히지 않으려
강한 자가 되기 위해 산다

그러면서도 역설적인
행복을 꿈꾸며
나는 이 현실을 살아간다.

별이 되소서

하늘이 섧디 설운
울음을 밤새 울었다

통곡 속에 흐느껴 우는
고통을 뒤로하고
이승의 끝자락을 걸었다

헐떡이는 삶을 벗어들고
억새꽃 서걱대는 벌판을 지나
구름 한 덩이 타고
찬연한 빛살을 따라
원망과 피 토함을 재워놓고
낯선 하늘에 눈을 떴다

하나 되어 목젖을 적셔도
그 함성마저 닿지 못하고
붉은 강을 건너가신 삼혼칠백(三魂七魄)
미움도 가슴 찢기는 서러움도 없는
아름다운 곳에서 별이 되었다.

한여름 밤의 꿈

온밤을
불꽃처럼 타오르게 하는
열띤 정열이 나를 휘감는다

폐 속에서 흘러나오는
거친 호흡 사이로
가늘게 들려진 그녀의
허리가 하늘의 리듬을 탄다

어둠에 온몸을 더듬고
끈적한 사랑의 밀어로
그녀의 귓불에
애무의 정을 흘려보낸다

살짝 감은 눈
미세한 떨림으로 벌어진 입술
'아~'
욕정의 메아리가 온몸에 파고든다

등줄기를 타고 흐르는
땀방울의 강을 타고
내 몸은 더욱더
그녀의 품속으로 깊어만 간다

뜨거운 입김은
거친 호흡으로 욕망을 불태우고
욕정이 휩쓸고 지나간 자리엔
밤꽃의 향기가 춤을 춘다

나른한 만족감에
그녀와 나의 사랑은
깊은 잠 속으로 여행을 떠나고
조용히 맴도는 향기가
방안의 정적 속으로 내려앉는다.

너와 내가 공존하는 바다

육지와 바다가 공존하는
질퍽한 갯벌에
내 삶을 잠시 묻어 둔다

거친 바다엔
물 톱이 기억하기 싫은
내 삶 속 애환과 환희를
한 맺힌 잠재의식을
하나둘 썰어 내듯
톱질을 해댄다

묵묵히 이 자리에서 이대로
세월의 지문을 각인시키며
이별과 만남의 세월 속에
수많은 사연을
물비린내로 씻어 내린다

너와 나
나와 너
각기 다른 사연을 얼싸안은 채
힘겨움에 헐떡이며 달려와
해변에 길게 누워
허기진 수포만 되새김질해댄다.

오늘은 이야기하고 싶다

너와 나 서로 대칭 하는 상념
말초신경을 자극하는 손짓
마음 한구석에 떠도는 욕정
지독한 사랑놀음에 타버린 육신
내 안의 상처가 여물지 않는 혼란이다

이 모든 것이 자연과 하나이듯
떠나가는 사랑 타령은 현실이다

지금 내가 이 자리에 서 있듯
새로 오는 사랑은 거울 속에서
시커먼 그림자를 거느리고 애착만 키워간다.

애욕의 꿈

밤기운이 발끝까지 저려온다

인간의 본능이 살아 있음이
온몸 구석까지 젖어 들면
철저히 혼자인 것이
심장의 두드림을 멈추게 한다

환락의 시간
가슴팍 깊숙이
파묻은 내 얼굴은
봉긋한 유두에 취해 버려
영혼까지도 팔아 버린다

온 방을 가득 채운 혼미한 언어들이
막혀 버린 고막까지 파괴하면
육신에는 애욕의 강이 흐른다

그때 그 순간의 사랑으로
목말랐던 갈증을 그리워한다

이 밤
또 다른 영혼은
어둠에 숨겨진 새로운 사랑을 찾아 꿈틀거린다

최면에 걸린 욕망은 집착되어
사랑을 잉태하고
타는 듯한 욕정을 감싸 안으면
거친 숨소리가 들려온다.

타다 말진 부디마소

나는 지금 형형할 수 없는
애욕(愛慾)에 빠져 가랑거리며
희뿌옇게 되살아나는 사랑 때문에
온몸에 근육이 이완되어 갑니다

하얀 피부 거친 호흡 긴 머리
반쯤 가려진 그대의 눈 속에서 나를 봅니다

시각적이며 촉각만으로 사랑을 불 질러
모든 것을 태우던 순간을 집어삼키며
지금 나는 당신을 애무하고 있습니다

사랑하면서 현명할 수는 없기에
당신과 내가 함께 한 광란은
행복한 정열과 환희였습니다

우리 인생에 육신의 불을 피워
마지막 한 줌까지 남김없이 다 태워
재가 될 때까지 사랑을 원합니다

만일 우리의 사랑이 쾌락만 있다면
애정은 죽어버릴 것이며
당신과 나 서로의 자애(自愛)만이
일그러진 가면 속에서 미소 지을 것입니다

우리 사랑이 비록
다 타버려 재가 될지라도
하나 되는 육신과 순수한 정신이
서로 애무하며 절정에 이를 때
난 당신을 사랑한다고 말하겠습니다.

항해

나는 오늘 자유다
내게서 떠나간 행동 언어 모든 것들을 깃털처럼 바람에 날
려 버렸다

그만큼의 공허가 가슴에 몰려온다

삶의 현실에서 무언가 추구하려면 팽팽한 현악기의 현처럼
삶의 음률을 때론 아름답게 또는 박진감 있게 긴장시켜야
함을 새삼 느낀다

내겐 조금 벅찬 행사를 치르고 나서 난 불신의 창을 통해
세상을 아니 정확히 말해 인간을 보는 법에 익숙해질까 봐
두렵다

인생이 아름다운 것은 사람이 아름답다는 말이기도 하다

한 인간이 자신의 세계에 부여하는 가치로 인생은 아름답
기도 하고 재생의 기회도 없이 쓰레기통에 처박혀 버리는
인생이 되기도 한다

아담이 창조주의 손에 이끌려 사물에 이름을 부여하며 신의 세계 속에서 자신의 세계를 창조했듯이 사람은 자신의 세계에 이름을 지으며 인생에 가치를 부여해 가는 것이 자신을 아름답게 가꾸고 인격체로서 만들어가는 것이라 생각한다

내가 소망했던 꿈을 이루지 못했을 때 오히려 새로운 꿈을 가질 수 있고 그 목표설정이 끝난 후에는 구체적인 계획을 만들고 그것을 실현하기 위해서 지속적이고 과감한 행동으로 보이지 않는 미래를 내 눈앞에 펼쳐 놓고 내 우주를 내 세상을 내 삶을 이야기하며 분노 좌절 실망감, 우울함, 죄의식 이런 불쾌한 자아를 불식시켜 버리고 이 세상에서 가장 밝고 쾌활하며 행복이 충만한 나 자신을 만들어가야 할 때이다

이런 나 자신의 자아를 찾기 위해 난 오늘 삶을 향한 여행을 떠난다.

비애(悲哀)

오늘처럼 비가 오는 날이 좋습니다

마음속 가려진 슬픔을 목 놓아
큰 소리로 울어도 아무도 모릅니다

온통 눈물 섞인 비가
애증의 강을 이루는 이 거리를 걷고 있습니다

복받쳐 오르는 슬픔은 온몸에 전율해 오고
남들의 시선은 아랑곳없이
그저 나 혼자만의 사색 속으로 걸어갑니다

광인이라 손짓해도 내 가슴 속에 감춰 놓은
그대의 사진이 다 해진다 해도 좋습니다

이 순간 표현할 수 있는
모든 감정을 동원해
가장 슬픈 얼굴로
가장 애절한 표정으로
빗속의 거리를 걷고 있습니다

가슴속에 삭혀야 하는 아픔이
통곡이
허공에 매달려 서러운 비가 되어 흘러내립니다.

길목에서

천만년을 이어갈 삶에
핏줄 세워 가며
인생을 노래한다

삶과 죽음 생은 끊임없이
다하지 못하는 넋이다

진정한 사랑으로
애틋한 그리움 찾아가는 길이다

아직은 맨발에 부르튼 피멍일 뿐
삶은 함께하며 갈구하는 외길이다

인생은 스스로 느끼는 것이기에
난 오늘도 구멍 뚫린 내 삶에
사랑을 긁어모아 채워간다.

나와 너의 자아(自我)

나(自我)를 버리고 모든 것이 된 그를 생각한다

욕심이 부른 탐욕에서
마음에 메아리치는 갈망을 잠재우고
우쭐대는 지식의 구렁텅이에서
만물의 최상위인 나(自我)를 불사르고
그는 산이 되었다

구름이 되었다
개미가 되었다
나(自我)를 주워 먹던 바퀴벌레가 되었다

모든 것의 위에서
모든 것의 아래까지
나(自我)를 버리고 그가 택한 것은 또 다른 그 모든
것이다

버리고 얻음에서
세상의 원안에 하나만을 존재케 하는
그의 자아는 우주이다

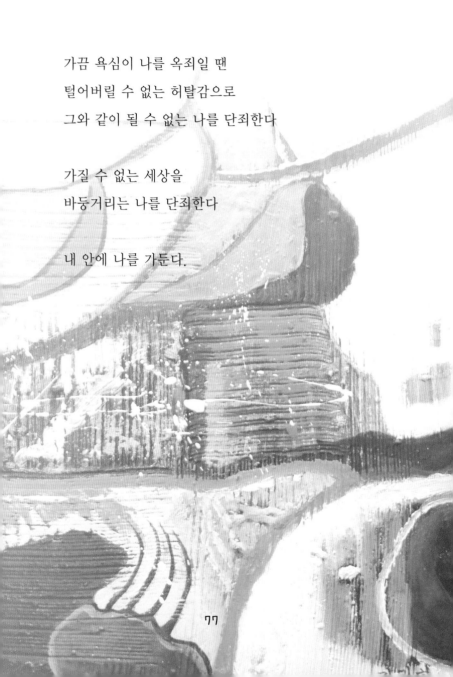

가끔 욕심이 나를 옥죄일 땐
털어버릴 수 없는 허탈감으로
그와 같이 될 수 없는 나를 단죄한다

가질 수 없는 세상을
바둥거리는 나를 단죄한다

내 안에 나를 가둔다.

함구(緘口)

얼굴에 가면을 쓰고
마음속에는
타다 만 숯덩이로 채워진 진실이다

타인을 바라보는 하얀 미소
함구해 버린 입술 뒤엔
거대하게 가려진 현실이다

본질의 깊은 곳에서 허우적거리며
모든 것 서서히 파멸시킨다

가면을 쓰고
본래의 모습인 양 산다

마음은 숯덩이지만
형체도 없는 듯
거짓된 삶은 성난 파도처럼
사나운 거품으로 무섭게 날 학대한다

천국 같은 광명을 보기 위해

간척해 가는 내 삶 앞에

썩어가는 웅덩이 물은 빼야 한다

이 엄청난 현실이 정해진 여정을 마무른다.

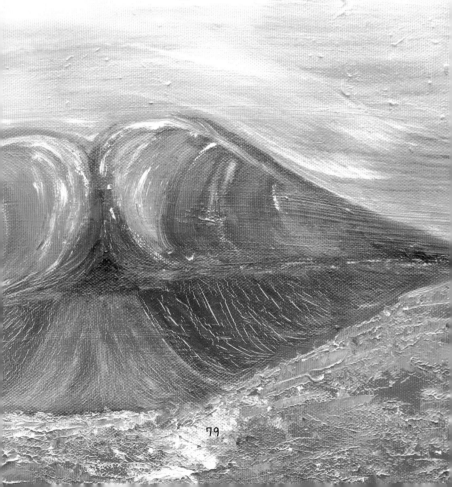

봄 햇살

봄 햇살이 내 마음을
꿰뚫어 본다

거짓과 진실이 공존함을
감추기 위해
난
나무 그늘 아래 숨는다

꽃을 심는다

남몰래 봄 햇살 훔쳐
사랑의 엷은 홍조로 피어날
나만의 꽃 한 송이 심는다

억새기만 하던 겨울바람
꽃바람이 되어 애무한다

심장에서 끓어오르는
애상의 숨소리로 널 키운다

손길 담아낸 꽃처럼

내 청춘 앞가슴에 매달려

비바람에 소리 없이

시들어 떨어지지 않기를 바란다

꽃잎 떨어진 서러움에

눈물 떨구지 않기를 염원한다.

망념(妄念)

버릴 수 없는 자질구레한 주름들
망각의 세월 속에 번뇌는 꿈을 꾼다

해 질 녘 도시에는
알 수 없는 문장들로 단장한 네온사인 불빛이
엎드려 있는 산 위에 달빛마저도 병들게 한다

병든 달이 싫어서
내가 산에 오른다

시절을 먼저 아는 철새들 따라
나 또한 고달픈 껍질 벗어 놓고
자책의 피 토함도 없이
덧없다는 참뜻을 안은 채
흉상처럼 눕고 싶다.

어이 오시나

정지에 앉아 있는 까막솥에
맹물 한 동이 퍼붓고
아궁이에 솔가지를 처박아도
되라는 쌀밥은 간데없고
굴뚝만 춤을 춘다

아낙네야
벌겋게 변해가는 햇빛 속에서
님의 얼굴 찾지 마라

까막솥이 눈물 흘리면
장에 가신 낭군님네 바삐 걸음 오시겠지.

버려야 한다

마른 겨울이 버거워
현기증이 가슴을 덮는다

빽빽한 잿빛 구름은
소리 없는 눈으로 내리고
내 가슴에는 낡은 기억이
비 되어 흩뿌린다

이제는 버려야 할 때

세상에서 가장 천한
망각의 동물인 듯
새것을 잡으려
묵은 것에서 뒤돌아서는 일

그 시간이 오면
당연히 해야 하는 일
멈추고 싶은 것에는
참 더러운 세상이다

눈뜨면 어쩔 수 없이
섬겨야 하는 시간의 순리
따를 수밖에 없는 버림이다.

유리창에 숨겨진 비밀

성에 낀 유리창에
손가락 한 마디 곧게 세우고
마음을 써 내려갑니다

맑은 도화지 위에
연필로 획을 긋듯
하얀 유리창에 쓰여진
사랑해!

마음 들킬세라
몇 초도 되지 않는
아주 찰나의 시간에
각인시킨 채
거친 손가락 붓 터치 뒤로
숨겨 버렸지만

당신의 존재는 늘 이렇듯
짧은 순간마저도
그리움으로 목메게 합니다.

삶의 여로

거친 들녘
물기 소진한 풀 잎사귀
겨울 회초리에 성마른 기침을 토한다

살 후비는 매서운 동장군 등쌀에
뒹굴다 지쳐 찾아든 구석빼기도
먼저 온 무리의 눈총에
뒷걸음만 터벅거린다

멋들어진 젊음으로
세상을 살다가
늙은 몸 정처 없이 떠난 방랑길이다

하나에서 태어나
여럿이 사랑을 하다
또 다른 하나를 키워 내기 위해
한 줌 흙으로 돌아갈 종종걸음에
허연 수의가 마지막 갈 길을 재촉한다

발 뒷굽에서 으스러지는 아픔이
한 서린 통곡이 된다.

허락되지 않는 사랑

힘없이 창밖을 보다
떨어지는 가랑잎 속에서
너를 본다

허락되지 않은 사랑
신의 영역이라도 침범해
널 사랑할 수 있다면
내 좁은 가슴에
살아 숨 쉬는 너를 위해
흔들리는 촛불을 밝힐 것이다

영혼만이 뒤엉킨 채
손닿지 못하는
너와 나의 사랑은
피 흘림의 아픔보다
더 짙은
향기마저 없는 꽃으로 말라 버린다.

님 소식에

밤새
서러운 울음소리에
나무 끝마다 눈물인 듯
빗방울 투명하게 하늘을 담았다

그리운 사람 소식에
까치발은 사립문을 향하지만
소원한 님 무소식에 젖은 발만 동동거린다.

세상을 봐라

몸이 고되어 마음이 멀어지느냐
동전 한 닢 던져 주고 세상을 논하지 말아라

고급 양복에 실크 넥타이로
구멍 뚫린 작업복의 비애를 말하려느냐
입술의 얄은 속임수로 삶에 깊이를 논하지 말아라

반질거리는 육중한 책상에
등 기대고 앉아서 무엇을 보려 함이냐
단돈 만 원짜리 운동화에 묻은 흙을 만져보지 않고는
내일을 논하지 말아라

최고급 외제차에
제 손으로 운전조차 하지 못하는 두 손으로
무엇을 잡으려느냐
하루 벌이로 내일을 살아가는 사람들의 고된 삶에
희망 한 톨도 얹어 주지 못하면서
그들의 거친 손을 잡으려 하지 말아라

내가 아닌 우리를 위해
우리가 아닌 모두를 위해
너의 마음이 삶을 말하려 한다면
그때 너의 말에 귀 기울이길 바라거라

그리고 고통 뒤 올 희망을 베풀어라.

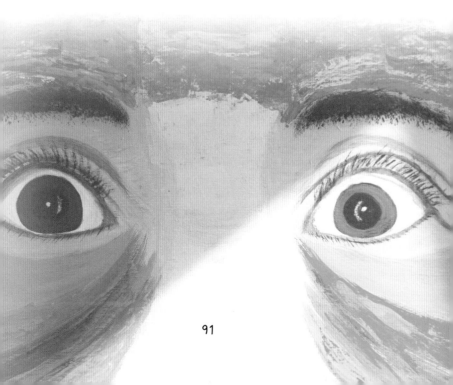

詩心

시인이여
당신을 사랑합니다

빈틈없이 짜여진 구성
자연스럽게 연결되어
절제된 언어와 시어
모든 이의 마음을 결속시키는
당신의 의미성 짙은 시의 세계를 사랑합니다

당신의 詩가
사랑의 의미와 밝음만을 주지 않아도
그저 아름답게만 느껴지는
까닭은 무엇입니까

난 오늘부터 당신에 대한 내 열정을 담아
詩를 쓰고자 합니다

하나의 시로

사물과 자아의 참된 깊이를 노래하고

삶이 주는

희열과 오만과 고뇌를 토해내며

꿈을 꾸듯 그렇게 시를 쓰고 싶습니다

시인이여

눈으로 표현을 끌어안고

가슴으로 느낌을 심어주는

당신의 詩心을 사랑합니다.

침묵의 사랑

앞에 있어도 가질 수 없는 너
만질 수 있으나 소유할 수 없는 너
묵언의 침묵으로 바라보다
그저 담배 연기만 가슴속 깊이 파고든다

사랑한다는 통상적인 말보다는
내 마음 담을 수 있는
너의 눈빛 속에서 날 보고 싶다

보고 싶다는 변조된 수화기 속
너의 목소리보다 귓전에 들려오는
숨이 멎을 것 같은
너의 흐느낌을 느끼고 싶다

내 가슴에 살아 있는 널 포옹하고 싶다.

그리움을 묻는다

하얀 서릿발
앙상한 가지 위에 스며들면
초겨울 밤바람은
소리 없는 춤사위로
차가운 겨울을 재촉한다

가슴을 헤치며
침묵으로 쌓여 가는 기억들은
너의 모습 잊은 듯
흐르는 그림자에도 무심해진다

네게 주었던 사랑과
남겨진 추억만으로
널 기억하기에
외로움 담아 두고
하얀 달빛 그림자에 묻어 버리련다.

벗어 버리자

아낌없이
모두 벗어 버려야 한다

보송한 솜털로
간지럽히던 세상도 있었다

붉은 에메랄드처럼
열정을 불사르던 삶도 있었다

물오른 싱그러움에
자랑하던 젊은 패기도 있었다

뙤약볕에 바래고
비바람에 헤어져
너덜거리는 뼛속을 파고들 때도 있었다

추위에 힘겨워
던져 버리지 못했던 거친 넝마도
찬바람에
마지막 힘줄마저 끊어진 후에야
나는 안녕을 준비한다.

사랑을 열망하다

현에서 울려 나오는
떨림

통 속에서 퍼지는
영혼을 실은 소리

입을 통해 숨소리처럼
내뱉는
사랑한다는
말
한마디

영혼을 팔아
사랑을 살 수 있다면
비어 있는 내 가슴에
사랑을 심어 놓을 것이다

목숨보다 더 질긴
나만의 사랑을 키울 것이다.

헐벗은 사랑

당신이 계신 곳도 가을인가요
오색으로 치장한
낙엽들은 태양의 조명 받으며
자기만의 색깔로 서 있겠죠

우리가 같이 보았던 그 모습은 아니겠지만

차갑게 불어오는 매서운 바람 따라
저 아름다운 나뭇잎도 훌훌 떨어져 버리면
산은 헐벗고 그 속살을 보이겠죠

그러나 당신을 그리워하는 이 마음은
보여 드릴 수가 없군요

흰 눈 쌓인 들판이
내 그리움마저도 덮어 버릴 때
혹여 우리가 다시 만날 수 있다 해도
당신은 이미 다른 사람의 연인이 되어 있겠죠

당신은 이미 떠났지만
우리 사랑이 철부지 사랑이
아니었음을 잊지는 말아 주세요.

가을 독백

난 말이야
오늘 처음 알았어
하늘이 구름 하나 없는
쪽빛이 될 수 있다는 것을

난 말이야
오늘 처음 알았어
코스모스와 갈대와 태양이
하나 되어 서로 사랑할 수 있다는 것을

난 말이야
오늘 처음 알았어
낙엽 쌓인 거리를 홀로 걸으면
그리운 사람이 생각난다는 것을

아름다운 세상
아름다운 사랑
그리운 사람을
찾아갈 수 있어
행복을 주는 이 가을은
널 사랑할 수 있는
아름다운 계절임을 난 오늘 알았음이야.

가을 랩소디

시작도 없다
끝도 없다
침묵의 소리
정녕 말없이 떨어지려나

구절초는 피어나는데
꽃길 따라가려
지금껏 기다렸나

우아한 냉혹 속에
내리는 가을비
눈물 삼키며 쓰는 편지 한 통
낙엽 속에 던져 버린다

확 떨어져라
가녀리게 매달려
슬픈 눈빛으로
내게 말하지 말고

싸늘한 달의 미소에 속지 마라
헐벗고 헤매는 내 모습 뒤로하고

별빛 속에 수많은 나그네가 길을 가듯
너도 그렇게 떠나가거라
나는 홀로 내 그림자 벗 삼아 가련다.

어둠을 보내며

절벽 송 가지 위로
차가운 달의 환영은 춤을 추고
외로운 부엉이 울음소리는
밤의 음기 속에서 그리움을 키워
내 가슴에 젖어 든다

언덕배기 지펴 놓은 모닥불 휘젓고
지나가는 밤바람 따라
뒤엉켜 비틀거리는
내 지난날 군상(群傷)들이
너울거리며 산을 휘감은 채 거칠게 포효한다

고요가 서리는 이 어둠 속으로
온몸에 재워 놓은
아픔의 씨앗들 털어버리고
아침이면 타오를 태양의 화덕 앞에
외로움과 슬픈 인연의 고통을 불살라
기쁨이 솟아날 대지 위에 입맞춤한다.

우정과 애증 사이

친구가 어느 날 사랑으로
찾아오면

사랑하던 사람이
친구가 되길 원한다면

떠나버린 사람이
다시 사랑을 핑계로
돌아온다면

당신이 그냥 친구라면
그랬었다면

그 아픔까지도
사랑해야 한다면.

가을 여인

하늘 향해 두 손 모아 앉은
창포처럼 다소곳한 여인

갈바람에 풀풀 떨어지는
나뭇잎쯤이야
엎드려 고개 푹 숙이고
주우면 그만이지만

하늘과 땅 사이
보이지 않는 상념(想念)이 있어
이 가을도 슬픈 계절이 됩니다

반쯤 일어서서 발돋움하듯
초조한 자세로 두 손 모아 쥔 채
연인을 애타게 기다리는
애절한 여인

냇물 따라 흘러가는
구멍 뚫린 낙엽 한 조각쯤이야
떠나가도 그만이지만

기다림마저 가져가시면
이 가을도
눈물 젖도록
슬픈 계절이 되어
여인의 사랑은 흔들거립니다.

사랑의 깨달음

유행가 가사가
가슴에 와 닿을 때쯤이면
사랑이 무엇인지 알게 됩니다

글로도 표현할 수 없는 것이
사랑이기에
마음으로도 표현할 수가 없습니다

말로 다 표현할 수 있는 사랑이라면
간절함도 기다림도 없을 겁니다

가을인지도 모르고
한여름 소나기처럼 밀려오는 그리움
소나기 그치면 파란 하늘에 무지개 피어나듯
어느새 모든 생각은 사랑뿐입니다

잡으려 빈손 짓에
안타까운 사랑이라면
기다림 속에 만남을 기약하렵니다.

선택하는 사랑

우리는 서로를 선택하고
사랑했습니다

둘은 진정으로
사랑하는 것처럼 보였습니다

그러나 우리는
사랑한 것이 아니라
삶의 지루함에서
잠시 여유를 사랑한 것이었습니다

자유롭게 구름처럼 살다
이별이 몸에 배이고
서러움과 울부짖음이 돌부처 되는 날
그때까지만 둘의 사랑은 함께합니다.

메마른 향기

마른 향기 장미꽃처럼
붉은 꽃이 숨긴 피눈물
퇴색되어 버린 참사랑
젖은 숨소리 귓전에 머물 때
그 사람은 愛憎의 강을 건너버렸다.

109

난 말야

난 말야
낮에는 햇빛 아래 숨어 있는
세상을 보며 살았고
밤에는 달빛 아래 춤추며
외로운 사람끼리 손잡고
그리워하는 것을 보고 살았어
그냥 그렇게 생각하며 살았어

내 육신이 아파
침대에 누워 천장에 온갖 세상 그려가며
지나온 내 세상도 그려 보니 참 더럽더군

그런데 말이야
더럽고 추한 세상이 다시 보고 싶어졌어
추함 속에 사랑이 있었고
더러움 속에 그리움도 배어 있기에
나만의 세상에 망치 하나 들고
다시 시작하고 싶어졌어.

독백

비가 그친 밤하늘
별 하나 골라 벗 삼고
휘어진 코르크 따개로 와인 병을 두드린다

검붉은 와인 한 잔에 내 얼굴은
자줏빛 꽃이 핀다

세상에서 가장 행복한 사람은
가장 고민이 많은 사람이라 했다

난 지금 행복하다

고민 고뇌 번뇌 삶에 대한 애착
이 모든 것이 날 행복하게 한다

음악이 듣고 싶다 아주 크게
음악이 아닌 스피커 찢어지는
굉음이 듣고 싶다

88개의 건반을 두드려도
여섯 줄 기타 줄이 다 끊어져도
눈에서 시작한 음악은
흘러 내 무릎을 때린다.

이별한 마음

마음이 차가운 사람은 사랑을 알지 못합니다

마음이 따스한 사람
마음에 가득히 사랑을 담은 사람도
사랑을 알지 못합니다

마음이 비어 있어야
진정한 사랑을 알 수 있고
그 마음 빈 곳에 사랑을 채울 수 있습니다

마음 저미도록 사랑을 찾아
높이 아주 높이 날고 싶지만
마음이 그리운 날엔 꼭 찾아가리라
몇 번이고 되뇌어 봅니다

이 마음 죽는 순간까지
가혹한 존재로 남아 있을 사람

너무 많이 남은 사랑을 이제
마음 깊은 곳과 뼛속에 묻어 두고
이루지 못한 사랑에 아파하며
빈 가슴에 어둠만 채워 봅니다.

사랑하는 사람아

사랑하는 사람아
철썩이는 파도 소리가
그리움에 울다 지쳐 버린
애끓는 나만의 절규인 것을 아는지

가슴속 깊은 곳에서
찢어지는 아픔을 씻어내며
바다로 떨어지는 소리를
들어본 적이 있는지

사랑하는 사람아
반짝이며 사랑을 찾고 있는
외로운 빨간색의 등대를 본 적이 있는지

사랑하는 사람아
그리움에 지친 외로움이
철썩철썩 내 사랑을 때리며 부르는
절규의 사랑 노래를 들어 본 적이 있는지.

하나 된 사랑

마음이 곧 생각입니다

생각이 곧 사랑입니다

합해서 한 모양이기에

우리는 행복한 사랑입니다.

안녕이라는 노래는 끝났습니다

노래는 끝났습니다
커피잔은 아직 따스한데
음악이 아닌 절규 소리가
지금 마지막 음을 내리고 있습니다

검은 통 속에서 들려오던
당신의 애절한 사랑이
마지막 여운을 남긴 채 사라지려 합니다

조율하고 연주하던
우리 사랑 노래는 끝이 나고
가로등과 달빛 사이를 지나던 바람 소리마저도
안녕이란 노래를 부르고 있습니다

달빛 따라 흐르던 당신의 고운 목소리도
빗소리에 눈물 감추며 부르던
우리의 사랑 노래도
가녀린 흐느낌으로 귓전에 남을 때
우리는 안녕하며 묻어 버린 사랑을 남겨둔 채
이제 장엄했던 노래는 마침표를 찍습니다.

고독한 기다림

존재 자체의 의미나
가치가 없다고 느껴질 때
존재 자체가 없는 것일까

세상은
모든 존재의 의의와 가치가
나에게 주어지는 그 날이 오면
창을 하나 만들자

시커먼 벽을 헐고
깡통 쪼가리 두들겨 난로 하나 만들자
공사판에서 각목 쪼가리 주워다
침대 하나 만들자
나만의 삶 속에 다른 누군가를 위해서

황량한 표면 위
혼자만의 삶에 얼이 빠져 있다가
문득 뒤돌아보면
이해관계와 감정
욕망이 서로 얽혀 있지 않은
그저 편한 그 누군가가 서 있길 바라며.

버리며 얻은 너

천 년을 살아도
일그러진 일상보다는
해 뜨면 해를 바라보고
달 뜨면 달을 바라보고
비가 오면 비에 젖어도 보고
누구나 살아가듯 그렇게
같은 하늘 아래 오랜 세월 함께 숨 쉬며 살아다오

누구를 위해 사는 네가 아닌
나 아닌 나를 위해 살아다오

내 마음속에 들어올 때
시리게 아프고 눈물이 흘렀어도
내 마음에서 나갈 땐
소슬바람처럼 작은 흔들림으로
그렇게 떠나가다오

네가 내 곁에 머무르기 시작할 때
난 이미 너를 버려야만 했다

차라리 스쳐 가는 바람의 인연이었다면
이렇게 쓰린 사랑은 아닐 터인데
가질 수 없기에
찢기는 고통 안고 살아가야 하는 불행
그렇게 널 내 안에 버려두었다

버렸기에
내 가슴에서
영원히 살아 숨 쉬는 너.

애심

어스름한 저녁이 되면
내 맘속에 초 한 자루 심어
하얀 심지 세우고
불 밝히고 싶다

가슴이 타버려 재가 되라고

까만 밤이 찾아오면
빈 향로에 향 없는 향을 태워
뽀얀 향으로 불사르고 싶다

그리움에 하얀 밤이 되라고

하얀 새벽이 되면
해는 붉게 타오르기 시작하고
새벽안개로 그대 모습 그려 보고 싶다

햇살에 타버리는 새벽안개 따라 소리 없는 울음이 되라고.

너 누구니

너 누구니
너 누군데
난 너 몰라
그런데 왜 자꾸 내 맘에 들어와

어디서 무엇 하다 이제 왔니
어럽쇼 요 맹꽁이 봐라
또 보니까 예쁘네

너 말이야
그럼 내 안에서 살아 볼 거야
하나 속엔 여럿이 있고
둘 속엔 둘이 없네
어렵네 정말 어렵네

세상이
이렇게 어려운 거야
너
거기 앉아서 대답 안 할 거야
그래 그럼 내 마음 아프게 하지 말고
오랫동안 아쉬움 없이 살아야 해
알았지.

늙은 섬의 사랑

바닷물도 외로워 떠나 버린 섬마을
애타는 그리움으로 두 손 맞잡은
늙은 섬이 사랑을 나눈다

언제나 함께할 수 없는 외로움에
만남이 애달파
절절히 가슴엔 그리움만 고여 들고
머물다 떠나는 갈매기 울음 사이로
속울음만 겹겹이 쌓여 든다

붉은 노을 사이로
바닷물이 수평선에 선을 그리면
헤어질 아픔의 파편들로
외마디 흐느낌을 토해내고
노을 속으로 묻혀 간다.

사랑은 존재의 숭고함이다

꽃피지 않는 늙은 나무에
사랑 하나가 맺혔다

내일도 나에게는 끝없는
순환 속에서 잎이 피고
꽃이 열릴 것이다

육체는 그리움을 갈구하고
영혼은 에고의 어둠 속에서
존재할 수 없듯
사랑은 한줄기 강한 빛이 된다

고요한 침묵 뒤에 분노한 열정이
심장을 박차고 허공을 가르면
차분하고도 친밀한 언어로
너의 이름을 부른다

영혼은 사랑 없이는
존재할 수 없다 형언하며
나에게로 온다
사랑을 부른다.

너와 나는 똥개이고 싶다

능선 아래 빨간 양철지붕이
하늘을 이고 앉아 있다

길가는 나그네
굴뚝에서 뿜어내는 꺼먹솥의 눈물에서
누룽지 냄새 배어 나오면
뒷간이 눈에 먼저 들어온다

배부른 나그네는
굶주림의 욕정을 밥상머리에서 흘린다

여인은 행주를 들고
나그네가 흘린 절정에 오른 요사스러움을
아랫도리 가득 주워 담아 들고는 주변을 살핀다

사립문 밖 똥개 한 마리 입맛 다신 혓바닥에
마른 먼지만 훔쳐 먹는다

양푼에 한가득 비밀을 들고는
허기진 놈 앞에 툭 던지며 아낙이 하는 말

"오늘 밤 너는 이 밀애를 먹고
요란한 소리가 들리면 입을 꿰매야 하고
입속에서 혀가 춤을 추면 눈을 감아야 한다"

분칠한 여인네
정분난 바람에 콧노래를 흘리고
잠들지 못하는 양철지붕은
달아오른 달을 보며 헛기침을 게워야만 했다.

125

삶, 그 쓸쓸함에 피는 꽃

너와 나
타인에게 모여든 겨울
영등 할매가 가져올
샛바람은 보리를 키우고
앞산을 덮고 있던 눈은 녹아
버들강아지 봄 춤을 준비할 거다

이제 비도 오겠지
꽃도 피겠지
또 한 장의
풍경화는 찢겨지고
내 몸은 그만큼
젊은 피가 그리워질 거다

한탄하지 말자
개꽃의 거친 독성을 취하지 말고
부끄러운 듯 피어나
허기진 배를 채워 줄
참꽃이 피기를 기다릴 거다.

그놈이 그놈이다

아들놈보고 야 공부는 쪼금만 하고
좋은 친구 많이 만들어라

이놈 하는 말

"아버지 그럼 삼촌처럼
깍두기 돼요
저는 열심히 공부해서
교수 될래요"

하던 놈이
요즘 식당에서 알바한단다

이놈아 공부나 하지 뭔 아르바이트냐?

"여자 친구 선물 사주려고요"

그럼 그렇지!
어쩌면 생긴 거는 달라도
내 아들임에는 분명한가 보다.

사랑과 이별 법

살아서 어둑하고
죽어서 명료하기만 한 사랑
떠나가는 사랑을 위해
이별 노래하지 말자

새로 오는 사랑을 위해
자리를 비워 놓고
사랑받기를 원하지 말고
떠나갈 조건을 만들지 말자

삶이 괴로운 사람은
사랑을 원하면서도 사랑을 하지 못한다

내가 사랑한 만큼
미움이 싹트게 두지 말고
또 다른 사랑을 나누어 심자

이별과 싸우지 마라
외로움과 서러움이 찾아오면
내 인생과 삶이 멈추기 시작할 터

사랑이 찾아오면
마음을 속이지 말고
변명이나 가식 없이
최선을 다해 또 사랑하자

나를 불사르자

自我를 버리고 모든 것이 된 그를 생각한다

욕심이 부른 탐욕에서
마음에 메아리치는 갈망을 잠재우고
우쭐대는 지식의 구렁텅이에서
살아 있는 것의 최상위인 나를 불사르고
그는 산이 되었다

구름이 되었다
개미가 되었다
나를 주워 먹던 바퀴벌레가 되었다

모든 것의 위에서
모든 것의 아래까지
나를 버리고 그가 택한 것은 또 다른 그 모든 것이다

버리고 얻음에서
세상의 원안에 하나만을 존재케 하는
그의 자아는 우주이다

가끔 욕심이 나를 옥죄일 땐
털어버릴 수 없는 허탈감으로
그와 같이 될 수 없는 나를 단죄한다

가질 수 없는 세상을
바둥거리는 나를 단죄한다

내 안에 나를 가둔다.

세상에 버려진 돼지

너무 작아 흔적조차 없다

구린 바람만 세상을 휘덮고
혼탁한 먼지는 안개처럼 내려앉는다

불타는 아궁이에
던져둔 누런 감자는
까맣게 타들어 재가 되었고
눈 내리는 겨울밤
옹기종기 모여 앉아
껍질 벗긴 고구마 먹던 시절은
TV 속 세상이 된 지 오래다

서글픔의 비가 내린다

변해가는 세월을 한탄하며
낮 비는 추적거리고
나는 온종일 허우적거리는
물통 속에 빠진 돼지가 되어 버렸다

도시를 질주하는 돼지는 오늘도
구정물 속 흰쌀로 살찌워만 간다.

바닷가의 추억

은총 어린 파도 소리는
흩날리는 물보라와
솟구쳐 오르는 포말로
형언하는 언어는 사랑이 되어
모래 틈 속으로 숨어든다

함께하는 기쁨의 사랑은
찬란한 연둣빛 수평선 위로
바람의 노랫소리와
어선에서 펄럭이는
원색의 깃발 소리로 연주를 한다

이제 내 심장이 두근거리는 소리로
살며시 미소 짓는 너의 입술에 입맞춤하고
너와 나의 가슴속 갈피 갈피마다
한 겹, 한 겹 사랑을 새기어 놓는다.

오월의 수국은 예뻤다

내가 첫사랑을 만나러 간 그 집에는
담장 너머로 하얗게 피어 있는
꽃송이가 주렁주렁 매달려 있었다

어떤 꽃은 그 애의 눈동자처럼
빛이 났고
어떤 꽃은 그 애의 볼때기처럼
탐스러웠다

그 꽃나무는 너무 큰 꽃을 매달고 있어
바람이 불면 흔들렸다

그 애를 기다리던 그땐
그 꽃이 정말 예뻤다

오늘 만난 그 애는
머리에 그 꽃을 달고 왔다

첫사랑이 그리울 때
오월의 수국은 그렇게 탐스러웠는데.

처음 느낌으로

당신과의 첫 시간
첫 입맞춤을 기억한다

새벽 바다 수면 위로
낮게 깔린 해무와
뿌옇게 밝아 오는
새벽에 우리의 사랑은
그렇게 시작했다

바람 속에 아직 발톱이 남아 있는
겨울 바다의 끝자락에서
봄을 기다리는 꽃망울처럼
처음 순간을 잊지 말자 약속한다.

너를 그리며

너에 대해 말하라고 한다면
내 두 번째 자아라고 할 거다

너를 위해 희생하고
희열을 갈망하는 고통은 사랑의 결실이다

너를 잊지 못하고 못내 사랑하는 이유는
다 채우지 못한 그리움으로
가슴속에 무덤을 만들었기 때문이다.

숨어 우는 낮달

너와 나의 삶은 아마도
고체였다가 천천히 녹으면서
액체가 되어 버린 뒤에도 사라지질 못하고
그 흔적을 남기는 어떠한 원소인지도 모른다

피카소는 말년으로 갈수록 똑같은 그림을 그렸다

그가 그리고자 했던 그 마지막 순간은
자신의 흔적 되어 세상에 살아남는다는 것을
그는 알고 있었을 것이다

나도 지금 매일 같은 생각으로
늘 다른 사색을 하지만
결국
하나의 그리움에 치를 떨며
늑골까지 깊이 새겨진 흔적들이 아파지면
어두움이 밀어 세운 불면의 침묵 속에 갇혀
살갗을 찢는 회한으로 몸서리치고 있는지도 모른다.

인연의 고리가 질기다고 하셨나요

말보다 하나의 가슴으로 서로를 사랑하고
눈빛만 쳐다봐도 알아주는 사랑
그 사람 이름만 떠올려도 가슴이 차오르는
그런 사랑 하길 소원합니다

하루의 고단함을 한 번의 미소로 씻어내고
잠든 꿈속에서 입맞춤 나눌 수 있는
그런 우리가 되길 소원합니다

오늘은 작은 샛바람의 흔들림에도
가슴이 저려 오고 문득 던진 한마디 말에도
허전함이 가슴에 박히는 아픔이 묻어 옵니다

평생을 사는 동안 그리워할
나의 또 다른 하나가 당신입니다

오늘처럼 사랑이 외로운 날에는
이 질긴 인연이 사슬이 되어 당겨 옵니다

당신이 내민 손 머뭇거리지 않도록
내 믿음 한곳에 눈물 흘리지 않도록
당신을 향한 내 사랑이 아파하지 않도록
오늘은 따뜻한 가슴으로 보듬는 사랑입니다.

눈물 젖은 꽃

모든 꽃 다 진 줄 알았는데
가지 끝에 매달린 얼음꽃
햇살 담뿍 머금고 눈물 흘린다

홀로 아리따워
넋 잃고 바라보다
나도 따라 울어 버린다

그래서 너는 행복하다
너를 바라보고
시 읊조리는 나라도 있으니

별빛이 눈뜨면
너는 다시 피어나겠지

한밤에 피었다
외마디 한숨 따라 지고 마는
형상 없는 기다림의 꽃은
오늘도 가슴 안에서 입술을 다문다.

타는 겨울

바람이 노래하는 겨울은
하얀 설원에 펼쳐진
눈부심으로 빛난다

이 겨울이
돌아 흐르는 시간은
한여름 쏟아지던
소낙비보다 강렬하다

잠들어 있는 겨울 바다는 뜨겁게
열정으로 온몸에 흐르고
피보다 더 진하게 타고 있다.

떠나는 자

떠나간 자의 모습은
향 내음 따라
하늘 저 높은 곳
신의 영역 침범하고

울고 짖으며 통곡하는 자
동공 사이엔
환생의 꽃이 떨어진다

달빛 따라 삼혼이 흩어져
형상 없어 아픔도 모르고
슬픔도 몰라
뒤돌아선 비웃음인들 알 수 있을까?

나는 홀로 숨 쉬는 이 섬을 찾는다

살아서 슬픔도 많아
기어서 찾은 겨울 바다
색감을 몰라 표현할 수 없는
내 머리통 속 같은 노을빛
난 저 빛이 사라지면
묵을 곳 찾아야 하는 나그네일 뿐이다

맛도 모르는 소주는 나 대신 바다가 마신다

섬아 너도 한 잔
파도야 너도 한 잔
내 육신과 하나 되어 부딪친다

세상에 살아 있는 신음 소리 들린다

나 살아 있음을 누구도 관심 갖지 않아
너와 함께함에 네가 곧 나이고 내가 곧 섬이다.

낙엽을 보내며

새로운 나로 태어나기 위해
계절 넘나드는 시간 속으로
내 작은 껍데기 보낸다

화사한 분단장으로
맑은 영혼에
그리움 하나만 남겨둔 채 모두 보낸다

언젠가 돌아올
따뜻한 가슴이 있기에
눈 내리는 날 찬바람도
외롭지만은 않을 것 같다.

오늘은 침묵하고 싶다

일상의 옷을 벗자
입도 함구하자
심장마저도 쉬게 하자

매서운 칼바람에 흔들림도
애련한 너의 손짓마저도 싫다

밤이 오는 길목에서
너를 기다리는 내가 싫다

너와 내가 공존하는
모든 것으로부터 자유롭기 위해
오늘은 침묵하고 싶다.

나도 너만큼은 잘났다

하루를 살아야 하는 일이
서럽고 고달프다 해도
내 삶 또한 너의 삶에 견주어
그리 유유하지만은 않은 인생이다

때로는 주저앉아
모든 것 포기해 버리고
없는 것
서러운 것
한탄하는 날 속에서
너와 나 함께 살아가는 것이다

차라리 버러지 인생이라면
동냥 바가지 꿰차고
한 푼 줍쇼 구걸이나 하겠지만
뱃속에 삼켜 버린 자존심이란 것이
그리 만만한 놈이 아니다

어차피 헤쳐나가야 하는
거칠고 험한 세상이라면
자존심 등에 업고 고개 꼿꼿이 들어
세상을 향해 쏘아 볼 일이다

그리고 외쳐라

"나도 너만큼은 잘났다."

까치밥과 감나무

만삭의 몸으로 서 있는 감나무를
찬 서릿발이 희롱하고
중원의 벌판에서 쫓겨난 황사 바람이
비틀거리는 감나무를 강간했다

감나무는 자신의 사랑인 홍시와
갈잎을 다 떨구어 주면서도
자신을 의지하여 살고 있는 까치집을
지켜냈다

마을 아낙네들은 감나무의 허물을 들춰내려
딱따구리처럼 감나무를 쪼아댄다

저놈은 그깟 중국산 황사 바람 하나 이기지 못하고
제 자식 같은 갈잎과 감을 다 내어주었다고

하지만 감나무는
까치밥으로 남은 몇 개의 감이 남아 있음에
행복을 꿈꾼다

내일 또다시 배고픈 낮달이 뜨면
배부른 까치가 불러 주는
행복의 노래는
마른 가지에 앉아 내일을 꿈꾸게 한다.

마음 늪

하늘이 회색이다
비가 오면 몸이 아프다

늙어서
아니다
마음이 닫혀서 일 게다

무릎이 시려 온다

왜일까
병이 났나
아니다
그리움이 있는 곳으로 가고 싶어서 일 게다.

천년을 갈 거다

사랑은 목에 걸린 가시처럼 아프고
아련한 기쁨에 이별을 꿈꾸는 너는 섧다

그림자 없는 사랑에 너는 도리질을 하고
허한 아픔에 나는 흩어지는 꽃잎을 주워 담는다

보고 싶어서 너는 슬프고
행복해서 나는 운다

기다림에 가슴이 시려서 너는 웃고
널 놓아본 적 없는 난 서럽다

너의 가슴속에서
난 뚜벅뚜벅 걸어 천 년을 갈 거다.

그렇게

지나가던 바람 속에서
꽃잎 하나 떨어졌다

그리고 내게로 와서
너는 까맣게 빛나는
눈동자 속에 나를 담았다

넌 참 아름다워서
난 그냥 널
씨근거리는 젊으디 젊은
사내의 가슴 깊은 곳에 묻었다.

내게 당신은 행복입니다

헝클어진 내 삶을 빗질합니다

가슴에 고여 드는 행복 때문에
창문을 활짝 열고 숨을 쉬어야만 합니다

맘속 깊이 맺힌 사랑이 너울져
잔잔한 행복에 눈물 적시며
그 마음 고이 접어 감추고
광인이 되어가듯
헐헐한 웃음을 웃습니다

당신을 향한 바램이 너무 많아
내가 미워질까 봐
가슴 저미며 바라보던 내 눈빛에
당신은 꽃잎에 매달린 이슬방울처럼
초연한 모습으로 다가오십니다

이제는 세상을 향해
입으로 사랑을 노래하고
눈으로 진실을 이야기하며
당신과 함께하는 이 길이 행복입니다.

사랑합니다

사랑합니다
당신을 사랑함에 있어 난
이름 없는 한 조각 구름이고 싶습니다

때론 그리움의 비
때론 슬픔의 비가 되어
메마른 당신 가슴을 적셔주고
좋은 날에는 은은한 무지개로 피어나
당신 가슴에 환한 미소를 안겨주는
만 가지 형상의 구름이고 싶습니다

사랑합니다
행여나 이 말 한마디에
겪어야 하는 고통이 있다 해도
고통이 주는 쓰라린 마음까지도
혼자서 감당할 번뇌와 내 몫의 고뇌라 여기며
가식 없는 하나의 마음으로 사랑하렵니다.

내 사랑이 쓸려 버렸다

내 사랑이 쓸려 버렸다
늘 연녹색 사랑이어서 편안함을 주던 사랑이다

그가 옷을 벗기 시작했다
한 겹 또 하나를 벗고는 치마끈마저 풀어헤치려 한다

어제까지만 해도 정열이었는데
길가에 길게 누운 사랑을 지나가는 바람이 유혹한다

내 사랑은 광기 어린 붉은색이었다
내 사랑은 깊어 속을 알 수 없는 푸른색이었다
내 사랑은 가끔은 황홀한 분홍색이었다

나라가 주는 시급이 내 사랑을 쓸어버렸다
하지만 아직 하나가 남았다
나뭇가지에 매달려 흔들거리는 사랑이 남아 있다

그가 쓸어버린 사랑은 다시 오기 위해 여행 중이다.

155

까닭 때문이다

그에게서 향기가 난다
아니다
우리의 사랑이 꽃으로 피어서일 것이다

그에게서 새로운 세상을 본다
아니다
내가 그의 세상에 들어가 있기 때문일 것이다

그에게서 심장 뛰는 소리를 들었다
아니다
나에게서 그의 사랑이 타는 소리일 것이다

그에게서 타는 냄새가 난다
아니다
뜨겁게 활활 타고 있는 내 사랑 때문일 것이다.

불사르자

내 맘속에 초 한 자루 심어
하얀 심지 세우고
불 밝히고 싶다
가슴이 타버려 재가 되라고

빈 향로에 향 없는 향을 태워
침향처럼 묵어버린 향기를
연기로 피워버리자

하얀 새벽
해는 붉게 타오르기 시작하고
운무는 그대 모습 그리지만
이내 질투라도 하듯
햇살에 타버리고
소리 없는 울음으로 사라져 간다.

안개꽃

밤안개가 가로등을 유혹하면
사랑놀이에 애무를 시작한다

보이는 황홀함이기에
느껴지는 쾌락에 사랑이
등을 타고 뚝뚝 떨어진다

온통
세상은 몽한적인 감동에
두 눈은 초점을 잃고
양손은 운전대를 꼭 안는다

헐떡헐떡 비상등이 숨을 몰아쉬면
짧아지는 호흡은 절정에 이른다

지금 경험하는 이 사랑은
밤안개가 가져다준
황홀한 꽃으로 피어난다

시들지도 꺾이지도 않는
그러기에 영원히 묻어두고
간직하고 푼 밤안개는 꽃으로 남는다.

시애몽
詩愛夢
시를 꿈꾸며 산다

김락호 시집

2023년 8월 7일 초판 1쇄
2023년 8월 9일 발행
지 은 이 : 김락호
그림 삽화 : 김락호
펴 낸 곳 : 시음사
디자인 편집 : 이은희
기 획 : 시사랑음악사랑
연 락 처 : 1899-1341
홈페이지 주소 : www.poemmusic.net
E-Mail : poemarts@hanmail.net

정가 : 13,000원
ISBN : 979-11-6284-463-2